Heel

川口慈子

短歌研究社

Heel　目次

I

II

Heel

装幀　大久保伸子

写真　森山大道
写真集『NORTHERN 3
光と影のハイマート』より

I

ローストチキン

角砂糖取り落としたるかそけさにピアニッシモの鍵盤鳴らす

包丁を持ってはダメと育てられし二人で分けるローストチキン

指先を離したら負け0・01秒ほどの余韻残しぬ

わがピアノと背中合わせに抜くワイン夢みるための部屋と思えば

鼻歌でミニマル音型くり返すわれの頭上にわくうろこ雲

この場所と定めて鳴らす一音に問いたり今朝のわれの機嫌を

サモトラケのニケ

友達の顔に似ている面接官これはなかなか信用出来ない

三日月がひっくり返りそうな夜君の手紙がポストに来てる

座ろうとも寝ようともせぬ猫一匹胡坐にのせて春を待つなり

肩と肩ぶつかりそうな路地裏はいつでも恋人たちが優先

欲しいものは何?私が捨てたもの皆記憶するダストボックス

うっかりと見つけた猫の目玉からサモトラケのニケ立ち上がりたり

ダージリンクーラー飲んで霞みゆく港に投げる我のナルシス

街灯

オールなき船のようなり歩行者のいない歩道を渡るふるさと

月と星離れてゆけりくちづけて滅びるような愛の反転

鳥たちはどこまで降りてくるだろう川床に光るあまたの小石

街灯と街灯の間闇深しふるさとにまだ見ぬ景色ある

かなしみを追いやるために友が弾く荒き音色を全身に受く

中華屋の前に積まれし段ボールキャベツの形に膨らんでいる

神様

鍵盤にミニカー停めてレッスンを放棄したる子ランドセル背負う

レッスン室の窓から逃亡してた子がいま宇宙から帰って来たと

めちゃくちゃに引っ掻いたのだ夕暮れの空に無数の雲の曲線

腹一杯食べて逆さに浮かんでる金魚の今日はブラックマンデー

この春の恋愛温度占えばマイナス二百度の桜降る

距離感を摑めないまま時々は視線合わせる友の赤ちゃん

神様の定義は何だ「あなたは神様です」と告げられている

独りきり蕎麦すする春ここよりは硝子徳利で作る結界

若葉

肉体はただの器という人の魂がわれを遠ざけている

玄関の監視カメラにぶら下がる蜘蛛は何代ここに住みしや

ストレッチしてはみ出したワイシャツをねじ入れ教室に戻りたり

陽を透かし若葉が風に揺れている三十代女子と呼ばれて

三リットルのビールジョッキに溺れてる友の顔ゆるく泡立ちており

朝毎に飲み干す栄養ドリンクの瓶ひしめいて我を取り巻く

四貫の寿司折を買い四口で昼飯終わる新幹線に

ミニカー

帰る場所確かにあった日本の家族われにも遠く耀う

かき氷食べ終わる頃体中冷たくなって水かさ増せり

猫避けのセンサーに踏み入りしわれ猫のごと音波に怯みたり

左手と右手のミニカー衝突す加速もブレーキもなく「戦争」

「お前」って呼ぶなよ　ピアノ弾かぬまま怒りプスプス溜めてる生徒

一小節素知らぬ顔で抜かす子の天然か賢さか分からず

後ろ向きに会釈して帰る中学生明日は古文の試験と言って

生徒くれし地域限定柿ピーを食べながらみる「明日の天気」

怒らない私を盗み見る少女底の底まで覗いてごらん

プール

目玉焼きの半熟加減別々に友送り出す月曜の朝

暴力性秘める両手がヒラヒラとプールの水を掻き分けてゆく

顔のないロボットに殺されるのは嫌だ私の顔撫でてみる

全休符よりも仮死状態長きゴキブリを新聞紙で拾う

羊羹の金魚をスプーンで掬い〈夏限定〉の夏が終わりぬ

遠くまで響かせるため力抜く鍵盤にわれの影は短し

紙コップ

練習をサボると痙攣する指に今日はショパンのポロネーズ弾かす

私の部屋修理する大家さんに近付けてゆく扇風機「強」

鍵盤の軽いピアノを指先でつつく此処から飛び立てるかな

小宇宙手繰りよせたる指先でくくる「週刊プロレス」呻く

マスクからはみ出す部分化粧するパーソナルスペースややに広がる

咳払い一つ聞こえて隣室との壁から部屋の中央に寄る

元日の朝も八時に鳴るチャイム建てかえられし小学校に

元日も転職サイトのメール来る「希望条件」わたしとズレて

紙コップ歪みつつ燃ゆ新年のささら祭りを待っている目に

蓋裏にスーパー映る冬の日のグランドピアノに呑み込まれたり

オレンジと赤の「熱唱」ダリア挿す同じ体温になれない二人

小鳥を放つ

正面にわれを見ていしホウボウを食いつくし春の恋人を待つ

人生はジェットコースターと言うけれど止まるところを知らずに我は

鍵盤で弾いているのは私の全てか清き小鳥を放つ

鍵盤の形に似てきた指先に似合わぬ細きリングを外す

また一つ意地悪学ぶ私の脳裏に潜むＡＩヤスコ

やる気だけ認められた日徳利になみなみと移しかえるプライド

街路樹に絡まった凧三月になっても飛びたてぬまま戦ぐ

ピンヒール

あのひとの普通の顔がわからない笑顔崩れるはやさに暮れる

鮮やかな青ひらめかせいしシジミ蝶世紀閉じたるごとき沈黙

幼馴染と紙相撲競う人気など無かった学級委員長われ

「みよちゃん」とは我の事なりタッパーの葡萄を祖母はわれにすすめて

両親は下戸なればしんみりと呑む野菜ジュースのコップを借りて

「達磨さんが転んだ」次々子供来てピアノ豊かに鳴らす教室

ヘソ隠す子供とヘソ見せる子供同じフォルテでさらう「カッコウ」

考えちゃいけないという君の言葉紙に包んで目指す戦場

私から近付いてゆく他になし指沈ませるベーゼンドルファー

セクシーな大根の姿真似てみる投資話に聞き耳立てて

君は君を鏡に映し抱き締めるどこまでも真っ白な私

平坦な道をピンヒールで転ぶ夢さ　したたかに花魁道中

クレッシェンド

呼ばれなくなった私の名を灯すレモンよレモン祖母はホームへ

誰もみな一番になれず近づいてきてはそれてゆく錦鯉

花びらを集めてそれは怒りですふっとくつろぐ四分音符われ

意地悪な人も悲しい時がある当たり前とは思えず二度寝

犯人は大人しくて目立たない子米びつの米サラサラ掬う

逃げたいと思う私が放り投げたボールの記録十二メートル

空っぽのクレッシェンドをかき鳴らす　時に諦めたくなる体

鍵盤に指先沈め呼吸する私はここでしか生きられず

音だけがどこまでも遠く延びてゆく私は立ったりしゃがんだりして

強拍と弱拍に長き歴史あり君のTシャツぐいと引っ張る

大事なもの見失いそうな危うさにロードバイクで切り裂く光

バランスを微妙に崩し着地する蝶のごと美しき音色を探る

麦わら帽子

一番の価値は体だと思ってた少女が選ぶ花柄ワンピ
おもむろに抱きしめられる瞬間は背中に羽根を生やしてしまう

スイカ味のビールちびちび飲むわれに麦わら帽子被せくる友

「脱毛」を買うクリニック窓ひとつなき明るさに順番を待つ

こっそりとテストの点数告げてくる楽譜に花丸描いてる我に

完璧に仕上げ終わりにしたい子の「蝶々」は時々五拍子になる

無花果の木の天辺で救助待つ猫に大きなお盆を寄せる

家に着いたらお米を炊こう一日の労働終えて最後の思案

管弦楽

管弦楽波打ち際に差し入れた手だけ光にまみれていたり

定職を持たないわれがコード弾く「春の小川」でみんなが歌う

ワイシャツが放つ光で青空を確かめている自動ドア前

私は星座を飼っているのですその一点に君を拒めり

太っても着られるように友が縫いしわれのドレスはウエストがゴム

人間と同じ比率で糖分をとるネズミかな走り去りたり

箱河豚と箱河豚顔を突き合わせ怒っているような面構え

労働に疲れた我は触れてみたしフタコブラクダの肩の凝りなど

住んでいた町と言うには近すぎるチャリンコで行きつけの蕎麦屋へ

喧噪になれた体をゆるやかに戻しつつ見る線香花火

崖っぷちではないけれど下ばかり見ていた過去よモズクを啜る

サボテン

掌をギュッと押しあて手を繋ぐ羽根を生やせばいつだって一人

冗談で「自殺するな」と言われし日サボテンの棘かたく尖りぬ

軽々と我の熊手に鎮座する七福神に偽りはなし

山盛りのワカメ露店に煌めきぬ我は熊手を空にかざせり

月撫でてゆく雲の影止めどなし君は私の言葉をなぞる

露天風呂に伸び縮みする人間を笑うごとくに大粒の雨

よそ見して歩く鳩避けお互いの陣地守って平和な気分

充実は肩に宿らん弾ききった生徒走り来る発表会

褒めてくださいと甘える年下の上司は治外法権にいる

ブレーカー

無名なる曲をスキップして学ぶ生徒はもうピアノに潜らない

中心はここにはあらずブレーカー落ちた音させ切れる低弦

タピオカがホロホロ沈むお互いのことには触れぬ三人家族

水飴を入れない母の栗きんとん愛想のない子供だったね

「本当のことを言わない娘」の頭撫でてさらさら母は眠るよ

閉じたままのピアノも少しずつ狂う　口紅の輪郭整える

境内の初詣客見下ろしてふいに笑みこぼす警察官は

ホホバオイル

私が立つたび身構える猫と半日過ごす友のアパート

ジョン・ケージ作曲『四分三十三秒』

四分三十三秒の間空腹の我は楽器となりて身捩る

猫よりも軽いリュックを抱きしめて満員電車に傾く重心

「愛してる」なんて簡単に言えるから物干し竿に干すあんぽ柿

〈私〉がずっと連なっているようなきし麺啜る駅のホームで

（消えたい）が消えて体だけ残されたホホバオイルが浸透しない

砂糖菓子パリンと齧る私の仮面はいつ外せばよいものか

スフォルツァンド

早朝の宅急便にゾンビなる我は「宜しく」と言われていたり

食感の違いを説かれ夕月夜色とりどりの人参を買う

ハンガーを咥えて空を飛ぶ鴉　譜面に赤くナチュラル記す

鶯にまじり口笛練習すドレミばかりを往復させて

シューマンのスフォルツァンドで滑り落ちる天道虫が部屋に一匹

三和音にタイが一本足りぬこと思い出しつつ割り箸を割る

試飲する酒の順序を指南され霞のごときを呑む一杯目

さよならの電車は雷に包まれて改札に揺れし友の顔

半音階

水族館でエイのお腹を見ていたり愛人候補と思われていて

ほほ笑んで街宣車操る軍服の女よ煙のような女よ

柔らかき手羽先の肉削ぎ落とす諦めるとはこんなに静か

半音階うっとり下る指先は悪運ばかり拾っていたり

トタン屋根バラバラ跳ねる鴉らの遊びに起こされる午前四時

白詰草

連絡先ひとりも知らぬ高校のクラスTシャツ着て眠りたり

壊れてる如雨露みたいに不器用な言葉で君を送り出したり

「蝶々」の二番は雀パニーニを食む私の足元跳ねる

粉チーズ沢山かける妹のアイドル活動友は悩めり

鶏ガラと呼ばれた日々にさようなら白詰草の輪郭崩す

解答用紙

ああこんな薄い体で街を行く人を拒むごと揺れるポシェット

花柄で窒息しそうなワンピース自我が芽生えるまであと少し

「可愛い」に反対意見はいらぬなり三時鳩時計の鳩が鳴く

シャーペンの芯を何度も折りながら解答用紙に書く授業案

雑踏の中の孤独が好きだから星ばかり見るふるさとの家

エレベーター扉の前で佇める猫に物語などいらない

取り壊しアパート

押入れの奥まで見える取り壊しアパート誰の夢か時雨れる

嵩のなきロングヘアーを束ねたる夏の夕暮れアジ捌きたり

私が触れた手を不思議そうに見る祖母の傍に深く座りぬ

祖母の手の結婚指輪指先でくるくる回すベッドにもたれ

結局は私の心配する祖母のつま先に余っているくつ下

長靴

パチンコのネオン背中に光らせてスーパーラットが新宿を行く

街中が怖くなりたり仮想敵ばかり見つめるひとと歩けば

私も誰かに侮蔑される顔か長靴が雪に半分埋まる

パンドラの箱のようなり幼き日の交換日記を記憶する友

オロオロと蜘蛛が八足歩行するキャンドルの灯が届くあわいに

カーテンを開ければ明るい窓二つ真夜中に齧るカロリーメイト

セーターに顔を埋める猫のお尻抱えて友の帰りを待ちぬ

新生児と住むストレスで点滴を受けし猫揺りかごにまどろむ

赤ちゃんを寝かしつけてる友の横で猫の頭につむじを作る

「乳母」キャラを我に当てはめられし事前世のごとくキッチンで呑む

ギャンブル

才能というギャンブルにくずおれた家族が回すビーチパラソル

一人称「ちゃん」付になる正月のこたつで親子の会話をすれば

私が笑うと周囲を枯らすから家族だけがお守りだった

転生をはかるがごとく故障した指で再び弾くベートーヴェン

スーパーのホタテは無言貫けり開けば食べる私の前で

春風にゾンビの声を聴き分けて体温のない言葉はゆかい

数の子入りチーズに浮いた数の子をまたバラバラにする我の舌

スープの缶ばかり買いたる昼下がり呼んでも来ない犬を見ている

II

ノクターン

一人きり仏壇に向き亡くなりし母を迎えに来たのは祖父か

ただ一度母の眉毛を描く朝《あした》母の求めし〈自由〉を思い

亡くなりし母のおでことコッツンコ芯まで冷えた魂摑む

生きている母には作らなかった粥供えれば湯気のつやめいており

ぐちゃぐちゃに泣いている顔が可愛いと言いくれし母の棺を覗く

母の肉体へ最後のノクターン響かせこの世の全てをあげる

泣き崩れることはなくただ泣いている　微笑むままの母は棺に

銀杏を金槌で割るそれのみを教わりし母の茶碗蒸しなり

狐雨のように涙が溢れくる母の抽斗開けようとして

誰が夢を背負いし我かいつまでも回転木馬の木馬に乗れず

羅針盤

私はこの先何を知るだろう強風に蛇腹なすシルエット

ウエストを計る刹那に反射する桜並木の若葉の戦ぎ

大きすぎる花火を見上げ無防備な指先に溜めていた静電気

もっとゆっくり泳げないかと思案するエイが私の瞳を濡らす

階下より響くジュディ・オング「魅せられて」在宅勤務の足を投げ出す

ストレスに膨れそうなるマンションで忍《しのび》のごとく過ごすコロナ禍

コンサート中止の知らせ初演する楽譜に指を尖らせたまま

一人居の朝餉に鮭を焼いている父の手元はいつも楽しげ

健やかな春の陽差しよ羅針盤当てて私の居場所を見つむ

ドアスコープ

玄関で友と話すたび隣室のラジオは大音量で鳴り出す

出勤の時間は把握されていてドアスコープから目玉の気配

それはもう嘘だよって教えてあげた君が選りきし一本のバラ

約束は破られてまた雨が降る日が落ちるまで奏でるワルツ

私の匂いも形も残したくないよピアノに溶ける秋の陽

私の声が聞き取れない祖母へ二トーン下げて告げる「おやすみ」

満月と見間違えたる大学の時計塔そこだけが明るい

スーパーの無花果はみな小ぶりなり素っ気なく君と口づけ交わす

バロックの音符にヒエラルキーはあり軽い音からリズム揃える

ほつれそうな手の平コロナウイルスに何回も石鹸泡立てて

コンサートホールのピアノ弾き終えて順番に手を洗うさびしさ

コロナ禍に集合写真撮る我らマスクの下の口角上げて

烏龍茶

母がいた痕跡探す新宿はどの建物も新しすぎて

表札のない空き家あり母住みし西新宿の住所辿れば

喉渇き烏龍茶買う五十年前にはなかったセブンイレブン

一言もしゃべらぬ同伴カップルと共に黙って撫でる猫カフェ

祖母が育ちし角筈は現・歌舞伎町　風俗案内所を通り過ぐ

仏壇のメロンが爆発したと言う祖母の涙を見たことがない

窓を開けるとベランダに来る鴉われの威嚇にビクともしない

うな重をご馳走されて結婚ではなく子作りをすすめられたり

介護させるために子供を作るという友の視線が我を捕らえる

黒リップ

横たえた銀のスプーン自らを差し出すことに快楽《けらく》はなくて
逆探知されないように部屋中の電気を消して覗くＵＦＯ

ほら雪がひとの形をなぞるからプリンカップに差し込むナイフ

ほの明るき光纏いて終電が黒き線路の川を進みぬ

かつてありしBａｒの跡地は駐車場月見るだけの窓も消えたり

朝なさな雀が遊ぶ瓦屋根鏡に映し塗る黒リップ

まず非正規から疑われる窃盗犯　砂時計には季節がないね

雇用形態不明な人のまま過ごすフロアに避難はしごが一つ

このホクロ醜いですか満月に顔を預けて飲むギムレット

Ｈｅｅｌ

立ち読みをするサラリーマンの隙間より選るレスラーのスタイルブック

Ｈｅｅｌにはなれないけれど漆黒のルージュ濃く引く出勤の朝

ゆさゆさと羽のガウンを靡かせてプロレスラーが渡る花道

軽々と投げ飛ばされる女子レスラー乾いた音がマットに響く

Ｈｅｅｌなら地獄も怖くないだろう微笑みながら食べる肉まん

トロフィーを修理するプロレスラーの器用な手元映すユーチューブ

知恵の輪のごとくプロレスラーは組む瞬きののち形勢逆転

唇がやがて喜び勇むまでブーイングするプロレス会場

ツーショット

幸せに見えないように同化する職場で口に含むチョコレート

退職を決める同僚の後追えずカップラーメンの三分を待つ

前傾のヘリコプターに追い越され僅かに加速するランニング

足のサイズ合わない兎のスリッパの尻尾を踏んで焼くブラウニー

我一人オンラインで顔覗かせる母の法要、母も覗かむ

幽霊になったから映らないかもと空目《そらめ》し亡母と撮るツーショット

祭壇に供えられてた雛あられつまんで母の一年忌閉ず

赫灼とせり

切れかけた電球でパパラッチごっこ手をかざし人界から逃れる

スマホ開くたびに私を戒める女子レスラーの背筋画像

悪意には悪意で返す玉ねぎを水に晒せば赫灼《かくしゃく》とせり

一人眠るダブルベッドの隅々へ辿り着けないわれの体温

正面から来る鳩の顔正面にならずこぼしたパン屑つつく

寄り添いたき気持ち共有されぬままローストビーフに竹串を刺す

うっとりと夜景見下ろす眼の端にまたしても現れるアパホテル

日本人の平均年齢われにまだ遠く錨を下ろせずにいる

青葉闇

和三盆糖を舌の上で溶かす父の余命を聞く青葉闇

私のために生きてとは言えぬまま家族写真に光る貝殻

庇あるフルーツショップ覗き込むどの人も蜜蜂のシルエット

病状を言わない父の頑なさ受け流す流れ星のごとくに

ため息をもらせば祖母に笑われてもう一度小さくおりんを鳴らす

治療する手立てまだまだあると言う父を信じることも愛なり

一人では飲まないジャスミンティーの茶葉戸棚に残る父のキッチン

昼休み終わり職場へ向かう道青空の下歌うドナドナ

一本ずつ鍵盤調律するように歯を磨こうと笑む歯医者さん

落選をすれば無職とのたまえる三児のパパの選挙演説

世界中の子供の写真飾られた百円ショップで造花購う

ふるさとの畑はソーラーパネルへと姿を変えて猫も消えたり

九ミリに育った友の赤ちゃんを思い浮かべて食む茹で小豆

すっぴんで出掛けしわれを呼び止める買い物帰りの友もすっぴん

イースタン・プロミス

映画『イースタン・プロミス』

舌先で消す煙草の火　とまどわず断ち切る愛の輪郭冷えて

「死にたい」と願う心がうろくずのように体を発光させる

身代わりに差し出されたる十字架のタトゥーがそっと滅ぼす王座

蟬時雨

「細い大根」と評されし我が足であの夏ぬらりと飛び越えた鬱

「死ぬことは怖くないの」と母言いし仏壇の前ブラウス羽織る

夜明け告げる蟬時雨なりようやくに眠くなりたる瞼を閉じる

救急車の音ばかり拾うわが耳に何度も響かせる深呼吸

疲れ目に虹が見えるよ丁寧にトウモロコシのヒゲ取り外す

かぼちゃ餡抹茶餡あんことりどりに母とお萩を包みし布巾

白砂糖こんもり量る菓子作り「教育虐待」起こる日本

世の中と関わらなくちゃいけないね高速で大根すりおろす

粉雪

一年は生きられないと医師が言う　父と電話で過ごす十五夜

父が作るお子様ランチ手作りの国旗の絵柄を思い出せない

右往左往する蟻を置き去りにして昼樟の木の影を渡りぬ

青空に糸を垂らしてくるクモをつかみ損ねて吹く秋の風

父と交わす「ありがとう」にもじわじわと血潮が満ちてまっ赤なもみじ

粉雪のようにかなしみ積もりたる父と見つめる画像診断

カーテンを開けば真夜の田舎道しっぽをふって犬が横切る

ベランダの干し柿の影揺れている障子に朝の光は来たり

鳩はただ首を伸ばして歩みおり行き止まりなど知らないように

クライスラー軽やかに弾く弓の先ほどけてしまった友情一つ

仏前の床きしみおり朝なさな父が供える母の好物

取り壊し決まるスナック「泥の花」過ぎて歯医者の門をくぐりぬ

バリア

空回りと噂されても止められぬ父の介護のお終いが来る

あと何度会えるのだろう入院をひかえる父の手指冷たし

またしばし留守宅となる父の家華やぐ柚子の実を二つとる

毎日が人生の決断である父と瞬きの日々を過ごしぬ

家中にバリアを張って父と我の帰り待ちおり骨壺の母

天仰ぎ「冬景色」歌う母の声たどり着きたり鍵盤の上に

一瞬で凍りそうなる脚曲げて雀が我のランチを覗く

ホスピス

ホスピスへ転院手続きするわれが父に捧げし希望／絶望

終《つい》の場所と確認したるホスピスで父は歩行の練習始む

肺に水満ちる時間が削りゆく父の命にしばし寄り添う

系譜などパイプの煙私だけ生きてる戸籍謄本手にし

陰膳を一人食む朝天涯の孤独も一つの生き方なれば

神経衰弱

修理され戻る時計を待つときに傾いてくるソフトクリーム

火加減のわからぬ一人焼き肉の時間は朧ビール追加す

仲良しと言えば仲良し周りからクッキー生地の端を集める

怒るとき声低くなる父の背のマーブル模様のような夕焼け

話し口調やや似てきたりトランプで神経衰弱する春の夜

夢に見る亡母は最近穏やかで何でもないことばかり言うなり

剃刀

破れたるカーテンに隠れ過ごす夜瞼閉じれば我は白蝶

箪笥から性の匂いを消したくて手前にそっとしまう剃刀

父母の日記覗けば本棚の本バラバラと落ちてくるなり

使い切れない石けんと歯ブラシとポケットティッシュ溢れる空き家

鮮やかなグリーンのシャツ羽織る日の我はS極友を待ちおり

買い足したグリーン豆を収納す一人暮らしも十八年目
滑り台丸いフォルムに変わりたりノスタルジックになるのだろうか

フルーツサンド

大輪の花のごと色鮮やかなフルーツサンド籠に選べり

懐かしくぶどうパン食む一人居の軒下に来る熊ん蜂あわれ

アメリカの柘榴は舌に甘すぎる繋がれた手の鎖を外す

地獄に落ちると言われた日原寸大犀のパネルと挨拶交わす

日曜のオフィス街人まばらなり横断歩道で汗を拭いぬ

本棚の後ろからクモ現れてモーツァルトのレクイエム聴く

燕の親子

寝不足のまなこに粗き画素数の朝めぐり来て茗荷を摘みぬ

言葉には出さないけれど仲なおり金太郎飴のようなる二人

ハンガーにドレスをかけてコンサート本番までの日にち数える

ドレス着て鍵盤との距離確かめる窓から雀の足どり眺め

身長の記録は柱に刻まれし私一人には広すぎる家

空き家なるふるさとの家見上げれば寄りそい暮らす燕の親子

感情を重ねることが難しい家族だったねハマグリを焼く

守るべきものは見せたくない日々の紅茶に溶かすトロイメライ

桜羊羹

賞味期限ギリギリとなりお供えの桜羊羹仏前で食む

そのひとの命と共に消えてしまうわれあり水面に走る鳥影

モンシロチョウの羽根を生やして亡父に来し葉書にしばし返事書きたり

会話にも文脈があること知らずみんなが笑えば笑ってた夏

心には決して寄り添わない君に人生設計促されおり

チェスのごと人間模様変化して辻褄合わせのような大雨

友達はいない設定されたままの週一回の祖母との電話

指名手配

剝落するわれを水面に映しおり重なってゆく薄き花びら

五線紙に幻聴なべて書き取れば降り積もりゆく短きLetter

G音で鳴る幻聴のコジャレたるリズムにくじかれる寝入りばな

魂に時価付けられし人間の争い止まず燃ゆる戦場

「平和」のため排除されるはわれなるか金平糖を舌に転がす

Jokerを名乗る特権持たぬまま白い花柄のワンピース着る

地下鉄の入口に立つ物の怪がもう夜だよと囁きかける

足音を立てず畳の上歩くわれに何度も驚く叔父さん

母のピアノ六十年経て春泥のごとく鳴らない鍵盤三つ

ティッシュ噴くゴジラのぬいぐるみを洗う年を取らないみんなのゴジラ

人生の充足感を量りつつ切り分けてゆくパウンドケーキ

連なりし監視カメラは捉えおり生者と死者の交じる夕暮れ

脳のバグ下方修正する夜半兵士の熱き眼《まなこ》疑う

アイロン

きらめきと影放ちたる如雨露からパピプペポッペン兵隊が行く

ひっそりと亡くなりし母思うとき「月待ちの滝」淡くしぶきぬ

消費期限近き「平和」に我もまた消費されるか急須を洗う

秋風に冷えし風鈴取り込みぬ野球部の快音聞きながら

裏切りは錆びた鉄の匂いを放つ洗っても取れない褐色の

炭酸のような叫びをあげながらゴキブリ叩く夜のキッチン

人格に本当なんて無いだろうシャツの襟元にアイロンかける

表面張力

垂直に吊られし蜘蛛が向きを変え衰えし国の行方見つめる

歌いながら少年が巡る灰色の古城いつしか雲となりたり

アイドルが放つ表面張力を思い出しつつ歯を磨きおり

七千枚の半紙残して逝きし父われの願いの数だけあるよ

得意先ゆく面持ちで木を降りるイタチ左右に尻尾を振って

帰る場所

父母の墓石に太陽降り注ぐ一人子われのうつつ眩し

蚯蚓ごと引っこ抜きたる雑草の穴に新しく建てる仏塔

浴槽に光るヒヨコを走らせて帰る場所などもういらないの

「可愛いね」ってスカウトされる一瞬で値踏みされたるわれの憂鬱

月に濡れた鴉が屋根の向こうへと消えたりわれの感傷盗み

いつの間にか俗世まみれとなりたれば足先でかき混ぜる太陽

花屋にも床屋にも質屋にも亀　ひかり含みしシャツを取り込む

あとがき

作歌を始めて、今年で二十年になる。二十年の歳月は、私に大きな変化を促した。私の中に同居する大人っぽさと幼さは、やがて何事もなかったかのように手を取り合い、するりと社会に溶け込んで行った。でも人生は自分の思うようにならない。そのままならない状況に応じながら、私はゆっくりと大人になった。

この本は、私の第二歌集である。二〇一七年から二〇二二年に発表された三六七首をほぼ編年体で収めた。第一歌集との違いは、家族詠が多く収められていることだろう。それは、私と両親との関係が変化したことにもよる。以前、私の想定する最初の読者は両親だった。そのような状況の中で、私はいつからか、両親に保護された「私」から社会の一員としての「私」へと変化した。そして両親との別れを通じて、私が一番興味や関心を持ち、見つめたいのは「家族」そのものだったということに気が付いた。Ⅱ章では両親が私にとってどのような存在なのか、一心に見つめた。それはかけがえのない時間だった。嬉しくなったり悲しくなったり、妙な納得をしたり、とても忙しかった。これからは、一人で生きるということについて考えてみようと思う。一人でいることが必ずしも孤独とは限らない。同じような境遇の人は今後ますます増えてゆくだろう。

馬場あき子先生にはいつも温かい目で見守っていただき、ありがとうございます。米川千嘉子様には、ご多忙の中、帯文を頂戴致しました。「かりん」の皆様には日々温かいエールを送っていただき、ここまで来ることができました。ありがとうございます。出版に際しては「短歌研究」編集長の國兼秀二氏、同編集部の菊池洋美氏に大変お世話になりました。装幀は以前から憧れていた大久保伸子様にお引き受けいただきました。とても幸せです。いつも私を支えてくれる皆様に厚く感謝申し上げます。

令和五年三月

川口慈子

著者略歴

一九八四年　茨城県高萩市生まれ
二〇〇三年　かりんの会入会
二〇〇八年　第五十一回短歌研究新人賞次席
二〇一〇年　第三十回かりん賞受賞
二〇一五年　武蔵野音楽大学大学院音楽研究科博士後期課程ピアノ専攻単位取得
二〇一七年　第一歌集『世界はこの体一つ分』刊行
二〇一八年　第十八回現代短歌新人賞受賞

二〇二三年五月十日　印刷発行

歌集　Heel《ヒール》

著　者　川口慈子《かわぐちやすこ》

発行者　國兼秀二

発行所　短歌研究社

郵便番号一一二－〇〇一三

東京都文京区音羽一－一七－一四　音羽YKビル

電話　〇三（三九四四）四八二二・四八三三

振替　〇〇一九〇－九－二四三七五番

印刷・製本　シナノ書籍印刷株式会社

検印省略

ISBN978-4-86272-737-4 C0092